Friedhelm König

Das ist ganz sicher

Friedhelm König

Das ist ganz sicher

Christliche Schriftenverbreitung

Postfach 10 01 53, 42490 Hückeswagen

Die Bibelstellen sind nach der im gleichen Verlag erschienenen „Elberfelder Übersetzung" (Edition CSV Hückeswagen) angeführt.

1. Auflage 2018

© by Christliche Schriftenverbreitung, Hückeswagen
Umschlaggestaltung: Christliche Schriftenverbreitung
Satz und Layout: Christliche Schriftenverbreitung
Druck: CPI, Ulm
ISBN: 978-3-89287-610-6

www.csv-verlag.de

Inhalt

Vieles ist ungewiss. Sehr vieles sogar. Welcher Mensch kann schon in die Zukunft sehen? Keiner. Unklare Vorstellungen hier, handfeste Pläne dort. Aber in jedem Fall nur Gleichungen mit vielen Unbekannten. Berechnungen, die aufgehen können oder auch nicht. Und wo ist ein Mensch, aus dessen Herzen nicht Wunschbilder aufsteigen, ausgemalt in vielen herrlichen Farben? Doch diese Bilder sind nur Seifenblasen; sie schillern bunt und verheißungsvoll und verschwinden plötzlich. Lautlos. Als wären sie nie gewesen. – Was wird aus deiner neuen Stellung, aus deiner Karriere? Wird dein Ansehen weiter steigen? Wie wird es dir und den Menschen, die du liebst, ergehen? Und dein Besitz, deine Ersparnisse? Was wird aus alledem? Womit kannst du wirklich rechnen, worauf dich fest verlassen? Fragezeichen über Fragezeichen!

Aber *eins* ist sicher. Es gibt etwas, auf das du dich felsenfest verlassen kannst. Ja, das eine ist ganz gewiss: Du musst dem Herrn Jesus Christus begegnen. Hier oder dort. An ihm, dem Sohn Gottes, wirst du nicht vorbeikommen. Dein Wollen oder Nichtwollen spielt keine Rolle. Ob du an ihn glaubst oder nicht – da gibt es kein Ausweichen, keine Hintertür. Ob du ihn liebst oder ihn hasst, ob du ihn ehrst oder verachtest – an ihm kommst du nicht vorbei. Ob er dir gleichgültig ist oder nicht, ob du ihn suchst oder vor ihm auf der Flucht bist, ob du ihn anbetest oder verspottest – vorbei kommst du nicht.

> *Ob du ihn liebst oder ob du ihn hasst – an ihm kommst du nicht vorbei.*

Auch wenn du meinen solltest, mit dem Tod sei alles aus – an Jesus Christus kommst du nicht vorbei. Es wird kein Verstecken, keinen Schlupfwinkel für dich geben. Du kannst verfügen, dass deine sterbliche Hülle verbrannt und die Asche ins Meer verstreut oder, wie neuerdings möglich, mit einer Rakete ins

Weltall geschossen wird. Eins bleibt fest und unumstößlich: An dem Herrn Jesus wirst du nicht vorbeikommen. Ja, du wirst sogar vor ihm niederfallen müssen. Denn die Bibel sagt, dass jedes Knie sich vor ihm beugen wird (Philipper 2,10). Wirklich jedes Knie. Auch die Knie der Gleichgültigen, der Mitläufer, der Gottesleugner und der Verächter. Auch die Knie derer, die in diesem Leben nur ihr eigenes Ich oder ihre Idole verehrt haben.

Und die Bibel sagt auch, dass jede Zunge bekennen wird, dass Jesus Christus Herr ist (Philipper 2,11). Beachte: jede Zunge! Auch die Zunge der Spötter und derer, die seinen heiligen Namen zu Flüchen missbraucht haben. Auch die Zunge derer, die seinen Namen gedankenlos hergesagt oder die ihn nur für einen guten Menschen gehalten oder ihn gar als einen Mythos, als eine fromme Märchenfigur, abgetan haben. Das eine ist sicher: An Jesus wird keiner vorbeikommen.

Aber Gott will dir zu Hilfe kommen! Er hat eine herrliche Botschaft für dich: Er will nicht, dass sein Sohn Jesus Christus dir einst als Richter begegnen muss, um dich wegen deines eigenwilligen Lebens in die endlose Finsternis, die ewige Gewissensnot und Gottesferne zu schicken, von der die Bibel so ernste Worte redet (Markus 9,43-48). Gott liebt dich! Deshalb möchte er vielmehr, dass du dich zu Jesus als deinem Heiland zu deinen Lebzeiten bekehrst, damit du ihm fortan als dem Herrn deines Lebens folgst.

Hast du die große, sorgende Liebe Gottes noch nie verspürt?

Hast du die große, sorgende Liebe Gottes noch nie verspürt? Hast du noch nicht bemerkt, wie dieser heilige, treue Gott sich um dich bemüht? Wie er dich mit diesem und jenem gesegnet hat? Oder auch wie er dann und wann unübersehbar in das Steuer deines Lebens hineingreift? Er will deinen unheilvollen Kurs ändern, um deinem Leben eine völlig neue Richtung zu geben. Blicke einmal zurück, und dann wirst du mehr als einen solchen Griff in das Steuerrad deines Lebens erkennen. Da war jenes Gotteswort, das dich damals so ernst zur Buße, zu echter Umkehr, mahnte. Oder wie erschütterte dich der plötzliche Tod eines Freundes oder Angehörigen, der mitten aus einem blühenden Leben und fleißigen Schaffen heraus weggerafft wurde! Dann deine Krankheit, die dich ans Bett fesselte, wo du endlich einmal viel Zeit und Ruhe hattest, deinen Weg zu überdenken.

So hat Gott oftmals in dein Leben eingegriffen, um dich zur Besinnung, zur Kehrtwendung zu bringen.

> Wie erfinderisch
> ist doch seine Liebe, um
> dich wachzurütteln!

Es ist wahr: Auf dem Weg ins Verderben gibt es wiederholt Hindernisse, weil Gott einschreitet. Wenn du

nicht in den Himmel kommst, dann liegt das an deiner eigenen Entscheidung: Du willst dann lieber weiter auf dem breiten, abschüssigen Weg gehen, der in das Verderben führt, als Gott zu gehorchen. Aber Gott hat sein Bestes getan und tut es noch, um dich davor zu bewahren, ins Verderben zu gehen. Bevor du dort versinken wirst, musst du die Bemühungen Gottes um dich bewusst übersehen und missachten, musst dich über die Bibel hinwegsetzen, über den Einfluss der Gebete gläubiger Freunde, über den Heiligen Geist und über das Kreuz Jesu Christi.

Darum ergeht die ernste Bitte an dich: Bring hier auf der Erde deine Sache mit Gott in Ordnung! Schiebe es nicht länger auf die lange Bank! Es ist eilig. Denke daran: Es hat diesen heiligen Gott seinen einzigen, geliebten Sohn gekostet, damit du und ich Vergebung der Sünden empfangen können. Am Kreuz von Golgatha hat Gott *ihn* das Gericht treffen lassen, das *wir* verdient hatten. Aber Gottes Gabe, sein Freispruchan-

Bringe hier auf der Erde deine Sache mit Gott in Ordnung! Es ist eilig.

gebot, will angenommen sein. Wie du das machst? Indem du endlich mit der Verdunklungspolitik deines Lebens aufhörst; indem du endlich der Wahrheit das Recht gibst, ernstlich Jesus deine Sünden bekennst und ihm künftig als deinem persönlichen Heiland und Herrn nachfolgst. Das schenkt dir den Frieden, der dich zu einem glücklichen Gotteskind macht. Ich weiß das aus eigener Erfahrung. Dann kannst du getrost in die Zukunft blicken, weil du es weißt und tagtäglich aufs Neue erfährst, dass du an der starken Hand deines Herrn gehst. Dann darfst du die Gewissheit haben, dass eine ewige Herrlichkeit auf dich wartet. Darum lass alles Wenn und Aber beiseite und nimm ihn beim Wort! Folge seiner freundlichen Einladung! Er will dich hier und heute.

Jesus, der Herr, ruft dich heute.*)
Höre doch: DU bist gemeint!
Lass alle Zweifel beiseite!
Er ist dein wirklicher Freund.

Er löst die Frage der Fragen,
will dich befreien vom Tod.
Er lässt so freundlich dich laden:
Komm doch ins rettende Boot!

Er will dein Steuermann werden;
trau seiner mächtigen Hand,
dann nimmst du hier schon auf Erden
Kurs auf das himmlische Land.

Herrliche Botschaft! Herrliche Botschaft!
Höre doch: DU bist gemeint!
Jesus, der Herr, ruft dich heute.
Er ist dein wirklicher Freund.

*) Aus *Jesu Name nie verklinget*, Lied 323.

Dieses Angebot gilt allen

Dieses Angebot gilt auch dir. Uns wird heute so vieles angeboten, dass wir allesamt in Gefahr sind, das rechte Maß zu verlieren. Oft können wir nicht mehr unterscheiden zwischen dem, was wichtig ist und dem, was zweitrangig oder gar unwichtig ist. Wir werden ständig in Atem gehalten. Uns steht eine Fülle von Gütern und Bequemlichkeiten zur Verfügung, die keinem König und Kaiser vergangener Zeiten vergönnt war.

Die Fortschritte in Wissenschaft und Technik haben ein ungeahntes Ausmaß angenommen und übersteigen unsere Vorstellungskraft. Der physikalischen Forschung ist es gelungen, sowohl ins Allerkleinste als auch ins Allergrößte vorzudringen. Wir ergründen die Geheimnisse des Atomkerns und schicken Raumschiffe ins All. Die Biologie ist dabei, die Bausteine des Lebens zu enträtseln und die gewonnenen

Erkenntnisse praktisch auszuwerten. Viele ehemals sehr gefährliche Krankheiten können heute erfolgreich behandelt werden. Chirurgen, denen es gelang, menschliche Herzen und andere komplizierte Organsysteme zu verpflanzen, sind weltberühmt geworden.

All das beschäftigt uns sehr, und zwar mit Recht. Gar nicht zu reden von den vielen politischen Ereignissen: Demonstrationen, verheerende Streiks, blutige Unruhen, Kriege und Krisen hier und dort. Tag für Tag bringen die Zeitungen Berichte über Unglücke und Naturkatastrophen, über Regierungsumstürze und Verbrechen. Und über allem die unterschwellige Angst vor der perfekten Maschinerie atomarer, biologischer und chemischer Vernichtung. Wo war je eine Generation, auf die so ungeheuer viel einstürmte? Und alles wird uns brandaktuell und spannend auf x Kanälen und per Internet und Smartphone frei Haus geliefert. Dabei soll noch nicht einmal die Rede sein von dem, was einen jeden von uns ganz persönlich beschäftigt: unser Familienleben, unser Beruf und die vielen ungenannten Sorgen und Nöte des Alltags.

Kurzum, ein Übermaß von Ablenkungen aller Art bedrängt uns tagein, tagaus. Dabei sind diese Dinge an sich oft gar nicht immer schlecht und zu verurteilen. Aber eins ist das Gefährliche: Dem großen Widersacher Gottes, dem Teufel, gelingt es auf diese Weise, die Menschen pausenlos abzulenken, das Wichtige im Leben zu verschieben und an dessen Stelle das Unwichtige zu rücken. In diesem Sinn ist unsere Welt tatsächlich eine „verrückte" Welt. Denn das Wichtigste, was es überhaupt gibt, wird bei alledem oft vergessen. Ein humorvoller Mann hat das einmal so ausgedrückt: Hauptsache, dass die Hauptsache die Hauptsache bleibt! Und was ist die Hauptsache? Das ist es: Nimm das Angebot Gottes an! Bring zuallererst deine Sache mit Gott in Ordnung! Lass dir die Augen dafür öffnen, dass diese Welt eine Welt ist, die vom Teufel (griech. diabolos = „der Durcheinanderbringer") durcheinandergebracht worden ist, und lass dir dein Weltbild erst einmal wieder zurechtrücken!

Nicht dass wir Atomkerne spalten, auf dem Mond landen und Herzen verpflanzen können, ist das Wichtigste für dich, sondern dass dein Herz, das heißt dein

Leben, von Grund auf neu wird. Nichts Geringeres hat Gott mit dir vor. Die Bibel sagt, dass der glückselig zu nennen ist, der Gott von ganzem Herzen sucht (Psalm 119,2). Darum ruft die Bibel dich auf, Gott zu suchen, solange er sich finden lässt (Jesaja 55,6). Das ist jetzt, heute, zu deinen Lebzeiten. Was morgen sein wird, ist dir verborgen. Aber heute sind Gottes Gedanken über dich Gedanken des Friedens (vgl. Jeremia 29,11).

Und Gott gibt jedem Aufrichtigen die Verheißung: „Wenn du ihn suchst, wird er sich von dir finden lassen" (1. Chronika 28,9). Und der Herr Jesus selber sagt (Lukas 19,10):

Der Sohn des Menschen ist gekommen, zu suchen und zu erretten, was verloren ist.

Verloren sein – das ist einmal der Zustand aller Menschen – ob man ein großer Sünder ist oder ein kleiner. Ob man selbstgerecht auf eigene gute Werke pocht und sich selbst eine Himmelsleiter bauen will, die genau in die entgegengesetzte Richtung führen wird, oder ob man ein Leugner oder Spötter ist. Das ist ein Grund zum Erschrecken. Aber es kann auch ein Grund zur Freude werden, wenn einem ganz klar aufgeht, dass Gottes Rettungsangebot jedem persönlich gilt. Sei ganz gewiss: Er sucht dich! Aber such du ihn auch! Dann kann es heute noch zu einer heilbringenden Begegnung kommen. Und was passt wohl besser zusammen als ein Herz, das sich nach Vergebung und Frieden sehnt, und ein Heiland, der dir beides schenken will?

Ein deutscher Dichter unserer Tage erzählt, er habe einmal am gleichen Tisch mit einigen jungen Leuten gesessen, die sich über Gott und über religiöse Fragen unterhielten. Sie bezeichneten sich selbst als Gottesleugner. Als er eine Zeit lang ruhig zugehört hatte, sagte er endlich:

„Meine Herren, es gibt drei Arten von Gottesleugnern: Die einen sind tiefe Denker, die beim Studium der philosophischen Systeme alter und neuer Zeit auf Abwege geraten und schließlich an Gott irregeworden sind. Ich weiß nicht, ob solche Studien Sie dahin gebracht haben." Sie verneinten schüchtern.

„Nun, die zweite Art bilden die, welche ohne jedes eigene Urteil, wie die Papageien, die Worte, die sie am meisten hören, nachplappern. Ich hoffe nicht, dass Sie zu diesen gehören." Sie verneinten mit lebhafter Entrüstung.

„Nun denn, die dritte Art besteht aus solchen, die kein gutes Gewissen haben, in deren Leben etwas faul ist, so dass sie wünschen müssen, dass es keinen Gott der Heiligkeit und Gerechtigkeit gäbe. Darum trösten Sie sich mit der Behauptung: ‚Nein, es gibt keinen Gott; sündige nur weiter nach Herzenslust!' Meine Herren, eine vierte Art gibt es nicht …" Und damit erhob er sich und ließ die Gottesleugner mit langen Gesichtern sitzen.

Gestatte mir die Annahme, dass du nicht zu den Gottesleugnern „aus Dummheit" oder zu den Gottesleugnern „aus schlechtem Gewissen" gehörst, sondern zu denjenigen, die aufgrund eigener und, wie sie meinen, fundierter Überlegungen zu dem Schluss kommen, es könne keinen Gott geben. Wir wollen kurz drei Einwände untersuchen:

1. Die erste Frage, die Atheisten neuerdings oft stellen, lautet: Wo ist denn euer Gott eigentlich?

Mit dem Start von Sputnik 1, dem ersten Erdsatelliten, im Jahr 1957 wurde der erste Schritt in den Weltraum getan. Weitere Marksteine waren Gagarins erster bemannter Raumflug im April 1961 sowie das Apollo-Programm, bei dem am 21. Juli 1969 der Amerikaner Armstrong als erster Mensch den Mond betrat. Nach vielen Erfolgen, aber auch tragischen Rückschlägen, wie die Spaceshuttle-Explosion 1987, ging die Entwicklung weiter. 2017 durchquerte die Raumsonde Cassini erstmalig die Ringe des Saturn. Und neuerdings sind sogar die Chinesen und Japaner „mondsüchtig" und wollen auf den Erdtrabanten.

Auch die Leistung der modernen Fernrohre ist enorm. Schon mit dem lange Zeit größten Teleskop der Welt auf dem Mount Palomar in Kalifornien konnte man noch Sterne fotografieren, deren Helligkeit der einer Kerzenflamme in 64.000 Kilometer Entfernung entspricht. Aber selbst das ist längst überholt: Die Leistung des Hubble-Weltraumteleskops übertrifft unsere Vorstellungskraft vollends. Die Bilder aus dem Kosmos, die dieses mit einem Spaceshuttle in eine Erdumlaufbahn gebrachte Fernrohrsystem liefert, sind atemberaubend. Und so ertönt die Frage immer und immer lauter: „Wo ist denn euer Gott eigentlich?"

Die Bibel gibt uns Antwort: „Gott bewohnt ein unzugängliches Licht" (1. Timotheus 6,16). Also auch kein Sputnik und kein Weltraumschiff. Kein noch so großes Teleskop wird es je einem Menschenauge gestatten, Gott zu erblicken. Denn die Bibel sagt von Gott: „Keiner der Menschen hat Gott gesehen noch kann einer ihn sehen" (1. Timotheus 6,16). Schon einem großen Mann wie Mose musste Gott sagen: „Du vermagst nicht mein Angesicht zu sehen, denn nicht kann ein Mensch mich sehen und leben" (2. Mose 33,20). Es ist unmöglich, dass ein Staubgeborener den Unsterblichen sieht, ohne zu vergehen. Und so bestehen alle Aussagen vollständig zu Recht, die da behaupten, man habe da oben im Universum Gott nicht gesehen, den Himmel nicht gefunden und keinen Engel entdeckt.

Wer finden will, muss an der richtigen Stelle suchen.

Wer finden will, muss an der richtigen Stelle suchen! Diesen Grundsatz gilt es unbedingt zu beachten. Sonst haben wir kein Gelingen.

Deshalb: Wer an der falschen Stelle sucht, darf sich keineswegs wundern, wenn er nichts findet. Wenn ich einen Apfelbaum eingehend absuche und erstaunt feststelle, dass ich keine Birnen finde, dann wird mich wahrscheinlich jeder auslachen. Genauso unlogisch ist aber jene Schlussfolgerung, es gebe keinen Gott, weil man ihn nicht gesehen hat. Man sucht Gott, den Himmel und die Engel an einer Stelle, wo sie nicht zu finden sind. Gott wohnt in einem Licht, wohin niemand kommen kann. Wer ihn im Weltraum nicht entdeckt, darf nicht behaupten, deshalb gebe es ihn nicht. Eine solche Schlussfolgerung ist in ihrer inneren Logik ebenso verkehrt wie das Beispiel von den Birnen am Apfelbaum.

Doch Gott kann gefunden werden! Aber nur dort, wo er sich finden lässt: in seinem Wort. Und der einzige Weg, der zu ihm führt, ist der Herr Jesus. Allein er ist der Weg zum Vater, niemand anders. Wer einen anderen Weg beschreitet, um Gott zu suchen, darf sich nicht wundern, wenn er ihn nicht findet. Forsche in Gottes Wort und lass dir Hilfe geben von solchen, die Gott in Jesus Christus gefunden haben.

2. Es gibt unbestritten sehr viel Leid und Ungerechtigkeit auf dieser Erde. Daraus leiten manche den Gedanken ab: Es gibt keinen Gott, denn ein Gott würde nicht all das so zulassen. – Oft sind die Menschen, die so denken, wegen persönlicher Schicksalsschläge und schwerer Prüfungen verbittert. Sie vergessen bei ihren Überlegungen völlig, dass diese Welt eine gefallene Schöpfung ist, das heißt, sie ist absolut nicht mehr so, wie Gott sie erschaffen hat. Er hatte mit den Menschen etwas ganz anderes vor. Aber der Mensch hat sich von seinen Ureltern her gegen Gott empört, und diese Empörung gegen Gott nimmt, je länger sie währt, umso dreistere Züge an. Alles Unrecht und alle Not auf dieser Erde zeigen daher deutlich, wohin der Mensch ohne Gott gekommen ist und dass Satan „der Fürst dieser Welt" ist, wie die Bibel es ausdrückt. Und diese erschreckende Gottlosigkeit der Menschen wird immer weiter fortschreiten. Auch das sagt die Bibel.

Solche, die diesen zweiten Einwand vorbringen, stellen also – bewusst oder unbewusst – die Wahrheit auf den Kopf, indem sie Gott an dem bösen Tun der Menschen indirekt die Schuld geben. Man möchte ihnen am liebsten zurufen: „Wer bist du denn, o Mensch, der du das Wort nimmst gegen Gott?" (Römer 9,20).

3. Einer der neuesten, wenn auch sehr oberflächlichen Einwände der Gottesleugner lautet: Die Theologen glauben ja selbst nicht mehr an Gott. – In dieser Absolutheit ist diese Behauptung sicher unzutreffend. In einigen markanten Fällen stimmt sie leider. Und nicht wenige Atheisten stellen dies mit unverhohlener Freude fest. Inwieweit man bei solchen Theologen überhaupt noch von Theologen, das heißt „Gottesgelehrten", sprechen kann, ist rätselhaft. In Wirklichkeit stehen sie auf der entgegengesetzten Seite und helfen mit, den völligen Abfall von Gottes Wort vorzubereiten. – Hören wir auszugsweise, was der weithin bekannte Professor der Theologie Dr. Karl Heim aus Tübingen (1874–1958) kurz vor seinem Tod an einen seiner Freunde schrieb:

„Das Wort Gottes, mit dem sich die Theologie beschäftigt, ist ja ein Heiligtum, dem der Mensch sich nur in tiefer Beugung nahen soll. Nur wer eine ganz

Wenn jemand nicht
von neuem
geboren wird,
so kann er
das Reich Gottes
nicht sehen.

Johannes 3,3

persönliche Erfahrung mit Christus gemacht und sein Leben ihm geweiht hat, ist würdig und geeignet, sich (von Berufs wegen) mit dem Wort Gottes zu beschäftigen. Er muss eine klare Bekehrung erlebt haben. Die Vergebung seiner Schuld muss ihm zur Heilsgewissheit geworden sein. Dadurch und nur dadurch wird er auch ein Zeuge Jesu, der auch andere zum Heiland führen kann. Was Sie in Ihrem letzten Abschnitt über das Pfarramt sagen, dass ihre heutigen Vertreter sehr häufig bei ihrem Gottesdienst nur ein Sonntagsreferat halten, das niemand zur Buße führt, ist ja weithin nur zu wahr. Aber es gibt gerade heute wieder erfreuliche Ausnahmen. Es gibt wieder, besonders in Freikirchen oder im Zelt, erweckliche Zeugen."

Darum bedenke eins, wenn du den oben erwähnten Einwand geltend machst: Es kommt nicht darauf an, ob einer „Theologe" ist oder nicht, ob jemand Bischof oder Pfarrer ist oder nicht, sondern ob er eine klare Bekehrung erlebt hat oder nicht. Er muss selbst neues, göttliches Leben empfangen haben, um anderen davon weitersagen zu können. Darum höre nur auf solche! Die Bibel sagt: „Wenn jemand nicht von neuem geboren wird, so kann er das Reich Gottes nicht sehen" (Johannes 3,3). Das gilt für jeden, auch für Theologen. Und von „Gottesgelehrten", die sich so nennen und in Wirklichkeit keine sind, hat schon der Herr Jesus selbst sehr ernst geredet: „Lasst sie; sie sind blinde Leiter der Blinden. Wenn aber ein Blinder einen Blinden leitet, so werden beide in eine Grube fallen" (Matthäus 15,13-15).

Wenn du bisher ein Gottesleugner warst: Gott will dir zu Hilfe kommen. Sein Angebot gilt auch dir. Tu Buße, komm zu Jesus und lass dein Leben in Ordnung bringen! Aber verharre nicht weiter auf deinem Standpunkt! Sonst wirst du eine böse Überraschung erleben, denn du kommst nicht an dem Herrn Jesus vorbei. Der Sozialistenführer August Bebel sagte einst: „Es gibt natürlich keinen Gott; aber wenn es einen gibt, dann sind wir die Gelackmeierten."

Ein junger Mann schrieb mir einen Brief. In jenem Brief kam sein Spott in Bezug auf göttliche Dinge zum Ausdruck. Er hatte auch ein Spottgedicht von Heinrich Heine angeführt. Ich schrieb ihm daraufhin sinngemäß Folgendes:

Lieber Wolfgang,

deinen Brief habe ich erhalten, und ich freue mich, dass es dir in deinem Beruf gefällt … Das Gedicht von Heinrich Heine, das du beigefügt hast, gefällt mir gar nicht. Heinrich Heine war in der Tat lange Zeit seines Lebens ein großer Spötter. Aber er hat es später bitter bereut. „Alles, was aus der früheren gotteslästernden Periode noch vorhanden war", schrieb er an seinen Verleger Campe, „wurde den Flammen übergeben." Und im Nachwort zu seinem Gedichtband Romanzero lesen wir: „Ja, ich bin zurückgekehrt zu

Gott wie der verlorene Sohn, nachdem ich lange Zeit bei den Hegelianern die Schweine gehütet habe."

Auch wissen wir, dass er sich von seinem letzten Sekretär täglich aus der Bibel vorlesen ließ. Und dieses Buch brachte ihn „auf den Weg des Heils", wie er es ausdrückt. Der Bibel verdankte er seine Erleuchtung. „Mit Fug nennt man diese auch die Heilige Schrift. Wer seinen Gott verloren hat, der kann ihn in diesem Buch wieder finden. Und wer ihn nie gekannt hat, dem weht hier der Odem des göttlichen Wortes entgegen." In seinem Testament schließlich ist uns von ihm überliefert: „Ich sterbe im Glauben an einen einzigen Gott, dessen Erbarmen ich anflehe für meine unsterbliche Seele. Ich bedaure, in meinen Schriften zuweilen von heiligen Dingen ohne die ihnen schuldige Ehrfurcht gesprochen zu haben."[1]

---

[1] Zitiert wurden der wohl beste, weil am wenigsten tendenziöse Heine-Biograf Max J. Wolff, der die erste Gesamtdarstellung des Lebens von Heinrich Heine vorlegte. Max J. Wolff, Heinrich Heine, 657 Seiten, München, Beck'sche Verlagsbuchhandlung, 1922 (s. dort bes. die Seiten 577 ff. und 620 ff.). Außerdem wurde der für seine Akribie bekannte Historiker Karl Kupisch zitiert. Karl Kupisch, Durch den Zaun der Geschichte, 547 Seiten, Lettner-Verlag Berlin, 1963 (s. dort Seiten 360–364).

Aber nur sehr wenige Menschen sind noch kurz vor ihrem Tod umgekehrt. Einer der größten Atheisten und Spötter war der französische Philosoph Voltaire. Über sein Ende und seinen Todeskampf gibt es erschütternde Berichte. Selbst seine Ärzte konnten diesen Kampf, in dem sich schon der Flammenschein der Hölle abzeichnete, nicht mehr mit ansehen. Voltaire, der zeit seines Lebens ein ungläubiger Spötter war, wollte noch kurz vor seinem Ende alles widerrufen und sich bekehren ..., aber es war für *ewig zu spät!*

Deshalb ist es so unendlich wichtig, die Bekehrung nicht aufzuschieben, sondern jetzt und heute Jesus Christus als Herrn und Heiland in Herz und Haus aufzunehmen. Er hat für unsere Sünden und unsere Schuld am Kreuz auf Golgatha sein teures Blut vergossen und das furchtbare Gericht erduldet, das ich und du verdient hatten. Aber das Erlösungswerk Jesu muss ganz persönlich angenommen sein. Anders geht es nicht. „Nachdem nun Gott die Zeiten der Unwissenheit übersehen hat, gebietet er jetzt den Menschen, dass sie alle überall Buße tun sollen, weil er einen Tag festgesetzt hat, an dem er den Erdkreis richten wird in Gerechtigkeit durch einen Mann [d. i. der Herr Jesus!], den er dazu bestimmt hat, und er hat allen den Beweis davon gegeben, indem er ihn aus den Toten auferweckt hat" (Apostelgeschichte 17,30.31).

Aus Liebe, aber auch aus großer Sorge um dich muss ich dir das ganz ernst vorhalten: Gott ist bis jetzt mit jedem Spötter fertig geworden. Und die Bibel ruft jedem in heiligem Ernst zu: „Irrt euch nicht, Gott lässt sich nicht spotten!" (Galater 6,7). Und dass du „nicht an Gott glaubst", wie du schreibst, kann ich dir kaum abnehmen. Die Bibel sagt, dass selbst die Dämonen an Gott glauben – und zittern (vgl. Jakobus 2,19). Aber um diesen Kopfglauben, um dieses Fürwahr-

Irrt euch nicht, Gott lässt sich nicht spotten!

Galater 6,7

halten, dass es einen Gott gibt, darum geht es auch letztlich gar nicht. Das errettet den Menschen nicht vor der Hölle. Sondern es geht darum, Jesus Christus alle Sünden und alle Schuld zu bringen, ihn ins Herz aufzunehmen und mit diesem herrlichen Herrn ein neues Leben zu beginnen. Das ist wunderbar, das kann ich dir bezeugen. Und dass auch du diesen Schritt tun mögest, das wünsche ich dir von Herzen ...

So weit dieser Brief. Mein Wunsch und Gebet ist, dass dieser junge Mann sich aufmacht, den Herrn Jesus zu suchen, der auch ihn liebt und sein Herr und Heiland werden möchte. Denn auch er wird an ihm nicht vorbeikommen.

Ja, es ist wahr: Gott wird mit allen Spöttern fertig. Der schon erwähnte Franzose Voltaire sagte im Jahr 1778, dass er das Gebäude des Christentums, zu dessen Aufbau die Hände der zwölf Apostel nötig gewesen waren, mit einer Hand abbrechen werde.

Ja, es ist wahr. Gott wird mit allen Spöttern fertig.

Er prophezeite, die Bibel werde in Kürze nicht mehr gelesen werden. Zu diesem Zweck gab er viele Lästerschriften heraus, die er in seiner eigenen Druckerei herstellen ließ. Voltaire starb mit den Worten: „Jetzt werde ich in die Hölle geworfen!"

Der große Gott lenkte es später so, dass in Voltaires Druckerei Bibeln gedruckt wurden. Auch die Engländer Gibbon und Hume, Zeitgenossen Voltaires, versuchten, das Christentum auszurotten. Edward Gibbon verdiente durch seine Bücher viel Geld und konnte ein großes Landgut erwerben. Als er 1794 starb, wurde dieses Gut verkauft und der Erlös zur Verbreitung des Evangeliums verwandt. Als David Hume 1776 in Edinburgh starb, gab Gott dieser Stadt eine große Erweckung. Eine bedeutende Gesellschaft zur Verbreitung der Bibel wurde gegründet, und die erste Besprechung fand in dem Zimmer statt, in dem Hume gestorben war. Wunderbar großer Gott! Die Bibel sagt von ihm: „Die Spötter verspottet auch er" (Sprüche 3,34). „Der im Himmel thront, lacht, der Herr spottet ihrer" (Psalm 2,4).

Unsere Zeit ist in besonderer Weise eine Zeit der Spötter. Die Bibel hat es vorausgesagt: „Und wisst zuerst dieses, dass in den letzten Tagen Spötter mit Spötterei kommen werden, die nach ihren eigenen Begierden wandeln" (2. Petrus 3,3; vgl. auch Judas 18). Ihr Spott richtet sich auch sehr gegen die Bibel. Aber wir brauchen die Bibel nicht zu verteidigen. Ein Löwe verteidigt sich selbst. Ja, die Bibel greift die Menschen an. Sie sagt uns sehr deutlich, wie schlecht wir von Natur aus sind. Darum fürchten sich so viele vor ihr. Weil Gottes Wort die Wahrheit ist, die Menschen tief in ihrem Gewissen packt, so dass es ihnen keine Ruhe lässt, möchten sie die Bibel loswerden. So wie ein Gammler den Spiegel zertrat, weil dieser ihm zeigte, wie ungepflegt und schmutzig er war. Legen wir alle Bücher, die schon gegen die Bibel geschrieben wurden, aufeinander, so haben wir einen Stapel, der höher ist als der Eiffelturm.

> Wir brauchen die Bibel nicht zu verteidigen: Ein Löwe verteidigt sich selbst.

Dein Wort ist Wahrheit.

Johannes 17,17

Legen wir dann die Bibel daneben! Sie ist Sieger und überlebt alle ihre Feinde. Die Bibel kennt keine Widersprüche. Kein Ergebnis der Wissenschaft, weder der Archäologie noch der Physik noch der Geologie, steht im Widerspruch zur Bibel. Könnte es anders sein? Sollte der, der das ganze Weltall und alle Weisheit gebildet hat, sich selbst widersprechen? Die Bibel ist vollkommen. Echtes Gold wird nicht vergoldet, und Rubine werden nicht angemalt. So gibt es auch an der Bibel nichts zu verbessern. Du brauchst keine Lampe anzuzünden, um die Sonne zu sehen. Die Sonne braucht auch nicht zu beweisen, dass sie die Sonne ist; sie ist es. So ist es auch mit der Bibel. Sie trägt den Stempel Gottes. Und diese Bibel mahnt dich eindringlich: Begegne Jesus Christus hier und heute! Sonst musst du ihm im Gericht begegnen und wirst keine Gnade mehr finden. Denn „es ist den Menschen gesetzt, einmal zu sterben, danach aber das Gericht" (Hebräer 9,27). Entscheide dich rechtzeitig! Vorbei kommst du nicht.

In dem bekannten Londoner Wachsfigurenkabinett von Madame Tussaud konntest du an der Treppe einen englischen Polizisten stehen sehen. Schon manche wollten ihn ansprechen und fragen, wo es weitergeht. Da erst bemerkten sie, dass er aus Wachs gebildet war. So echt, so verblüffend echt sah er aus, als wäre er tatsächlich ein englischer Bobby. Aber er war keiner. Es war nur äußere Ähnlichkeit.

Ich ging durch alle Räume jener seltsamen Ausstellung. Überall das gleiche Bild: berühmte Persönlichkeiten aller Schattierungen, Könige und Feldherren, Politiker, Künstler und Wissenschaftler. Unglaublich – diese Ähnlichkeit! Und wie still die vielen Besucher wurden, sobald sie in die Ausstellung kamen. Man sollte meinen, manche würden lachen. Aber nein, ganz stumm werden die meisten. Es verschlägt ihnen die Sprache. Denn diese Figuren dort wirken beklemmend, ja lähmend. Sie sind ohne Leben. Nur die äußeren Maße stimmen.

Und wie viele Menschen bemühen sich in unseren Tagen um die äußeren Maße, um einen christlichen Mantel, eine äußere christliche Form! Ein großer Teil unserer Bevölkerung ist getauft. Aber hinter der Fassade einer Volkskirche, in die viele als Säugling hineingetragen und aus der viele im Sarg herausgetragen werden, ist nicht nur wahrer Glaube zu Hause. Es ist zum Erschrecken, wie viel Schein uns umgibt. Pfarrer Johannes Busch hat einmal gesagt: „Wer nicht rot ist, der ist rötlich, und wer kein Christ ist, der ist christlich." Wie Recht er damit hat! Und gerade das ist ja unsere Not: Wir haben ein Christentum ohne Christus. Da ist Religion, aber kein Leben. Da gibt es christliche Formen, aber keine Kraft. Da sind viele gelehrte christliche Leute, aber so wenige mutige Bekenner.

Es gibt so wenige Männer, die auf dem Felsengrund wirklich biblischer Verkündigung stehen, stattdessen gibt es so viele schwammige Ansichten. Und das ist das wirklich Verwirrende an unserer Zeit, dass selbst das Böse sich mit christlichem Gehabe verschleiert.

Wie treffen doch die Worte der Bibel für unsere Gegenwart zu: „Dies aber wisse, dass in den letzten Tagen schwere Zeiten eintreten werden; denn die Menschen werden selbstsüchtig sein, geldliebend, prahlerisch, hochmütig, Lästerer, den Eltern ungehorsam, undankbar, unheilig, ohne natürliche Liebe, unversöhnlich, Verleumder, unenthaltsam, grausam, das Gute nicht liebend, Verräter, verwegen, aufgeblasen, mehr das Vergnügen liebend als Gott, die eine Form der Gottseligkeit haben, deren Kraft aber verleugnen; und von diesen wende dich weg" (2. Timotheus 3,1-5).

Wenn du zu dem Heer der Mitläufer gehörst, dann merke dir eins: Nur der ist ein Christ, der von Christus ein neues Leben empfangen hat. Und du musst ihn als den Herrn deines Lebens anerkennen. Der bloße Name, Ähnlichkeit und Schein, zählen vor Gott nicht. Es ist wie mit einem Auto. Es ist auf Hochglanz poliert. Der Motor ist tipptopp in Ordnung. Die Rei-

Sie suchen, was sie
nicht finden,
in Liebe und Ehre
und Glück,
und sie kommen
belastet mit Sünden
und unbefriedigt
zurück.

fen, die Bremsen, alles ist tadellos. Sogar der Zünd-
schlüssel steckt. Aber – es ist kein Benzin im Tank.
Der Kraftstoff fehlt. Du kannst höchstens den Berg hi-
nunterfahren. Aber der Augenblick kommt bestimmt,
wo du mit einem solchen Fahrzeug am Ende bist,
wo du eine böse Überraschung erleben wirst. Und
wie viele haben, in diesem Bild gesprochen, keinen
Kraftstoff! Sie fahren bequem die breite Straße hinab,
immer weiter hinab. Aber es ist die falsche Richtung.
Sie alle werden an ein Ziel gelangen, das sie nicht
erwartet haben.

Wer zählt das Heer der Taufscheinchristen, das Heer
der „Rückversicherer", die meinen, dem heiligen Gott
einmal ein christliches Dokument vorweisen zu können? Wer kann die vielen Gelegenheitschristen nennen? Bei der Taufe, zur Konfirmation, zur Hochzeit,
da kannst du ihre Wagen parken sehen. Und notge-
drungen auch an der Friedhofskapelle. Mit welch trü-
gerischem Schein umgibt sich die Welt heute!

Der breite Weg, der ins ewige Verderben führt, hat
in der Tat einen breiten christlichen Bürgersteig.

Dieser führt nicht durch tiefen Schmutz, führt aber wie jener ins ewige Verderben. Ungezählte gehen darauf, selbstsicher und unbeschwert. Ihre Lebensanschauung geht null zu null auf, und sie befinden sich in bester Gesellschaft. Das Symbol wird hochgehalten, der Name ist da,

> *Prüfe dich, ob du Leben aus Gott hast oder nur ein Mitläufer bist!*

aber das Leben fehlt. Wie sagt doch die Bibel von den Mitläufern? „Du hast den Namen, dass du lebst, und du bist tot" (Offenbarung 3,1). Und: „Die eine Form der Gottseligkeit haben, deren Kraft aber verleugnen" (2. Timotheus 3,5). Prüfe dich, ob du Leben aus Gott hast oder nur ein Mitläufer bist! Der Herr Jesus will dir hier schon wahres Leben schenken. Sonst wird er dir als Richter begegnen. Vorbei kommst du nicht.

ENTWEDER – ODER

Entweder – oder

Entweder hier – oder dort: Du musst ihm begegnen. Die Entscheidung, ob hier oder dort, liegt bei dir. Er befiehlt Umkehr, aber er zwingt nicht. Gott will nur Freiwillige. Diese Schrift möchte dir behilflich sein, die richtige Entscheidung zu treffen.

Gott fragt dich heute, wie du auf seine Liebe antworten willst.

Der Herr Jesus, der Sohn Gottes, wurde am Kreuz von Golgatha wegen fremder Sünden gerichtet. Und weil unsere Sünden so blutrot sind, deswegen behandelte Gott seinen geliebten Sohn wie einen Ausgestoßenen, wie einen gemeinen Sünder, damit er an unserer Stelle das Gericht Gottes tragen sollte und wir frei ausgehen könnten. Wie unergründlich ist doch die Liebe Gottes, die einen solchen Weg finden und gehen konnte, damit Menschen errettet werden können! Aber angesichts dieser besten Nachricht der Welt, dieser Sondermeldung ohnegleichen, kannst du nicht einfach zur Tagesordnung übergehen. Diese gewaltige Botschaft will angenommen sein. Das ist die wichtigste Entscheidung im Leben! Und Gott gibt dir heute Gelegenheit dazu. Ein Geschenk von unermesslichem Wert, Friede, Freude, Glück und ewiges Leben – alles ist für dich da. Aber du musst es annehmen, musst es dir aneignen. Zwei Schritte gehören dazu:

1. Das Bekenntnis, dass du den Fluch, den Tod und die Strafe verdient hast, die Jesus, der gerechte Gottessohn, am Kreuz erlitten hat. Nimm deine Sünde ganz ernst! Beuge dich darunter und verschwei-

ge deine Sündenschuld nicht! Überwinde alle Scheu vor dem Beten und sprich laut zu Gott! Denn: „Wenn wir unsere Sünden bekennen, so ist er treu und gerecht, dass er uns die Sünden vergibt und uns reinigt von aller Ungerechtigkeit" (1. Johannes 1,9).

2. Danke herzlich und voll Vertrauen für die Vergebung deiner Sünden! Was der Herr Jesus vollbracht hat, gilt auch dir uneingeschränkt. Du brauchst nicht auf Gefühle zu warten. Dein Glaube, der Gottes Zusage kindlich vertraut, genügt völlig.

Ja, dann darfst du wissen: Das Urteil ist aufgehoben. Tod und Teufel sind besiegt. Denn der, der unserer Übertretungen wegen dahingegeben wurde, ist „unserer Rechtfertigung wegen auferweckt worden" (Römer 4,25). Seine ruhmreiche Auferstehung ist das Siegel seines Versöhnungswerkes.

Aber so sicher es ist, dass der Sohn Gottes auf diese Erde gekommen, Mensch geworden und am Fluchholz gestorben ist, „damit jeder, der an ihn glaubt, nicht verloren gehe, sondern ewiges Leben habe" (Johannes 3,16), so gewiss fordert die Bibel auch, dass „die, die leben [d. h. diejenigen, die durch seinen Tod und seine Auferstehung ewiges Leben empfangen haben], nicht mehr sich selbst leben, sondern dem, der für sie gestorben und auferweckt worden ist" (2. Korinther 5,15). Wir lassen es uns gern gefallen, ein Anrecht auf den Himmel zu empfangen, dass der Herr Jesus aber auch ein Anrecht auf unser ganzes Leben hat, das vergessen wir so leicht.

Die Entscheidung liegt nun bei dir. Denke daran: Hier oder dort – an Jesus Christus kommst du nicht vorbei! Die Bibel sagt:

> **Das Leben und den Tod habe ich euch vorgelegt, den Segen und den Fluch! So wähle das Leben, damit du lebst.**
>
> 5. Mose 30,19

Es ist furchtbar, in die Hände des lebendigen Gottes zu fallen!

Hebräer 10,31

Du kommst nicht an Jesus, dem Herrn, vorbei;
ob jetzt oder später, wann es auch sei,
ob in diesem Leben, ob einst im Gericht,
wie du dich auch wendest, vorbei kommst du nicht!

Du kommst nicht an Jesus, dem Herrn, vorbei;
auch wenn du gestorben, das ist einerlei –
du stehst wieder auf, weil die Bibel so spricht;
du kommst nicht umhin, vorbei kommst du nicht!

Du kommst nicht an Jesus, dem Herrn vorbei;
jetzt bietet er Leben, jetzt macht er noch frei.
Morgen vielleicht schon, dann kennt er dich nicht;
drum komme noch heute, vorbei kommst du nicht!

So tut nun Buße und bekehrt euch, damit eure Sünden ausgetilgt werden.

Apostelgeschichte 3,19

Glückselig der, dessen Übertretung vergeben, dessen Sünde zugedeckt ist!

Psalm 32,1

Weitere evangelistische Bücher und Schriften

Bücher

- **Der uns den Sieg gibt**
  240 S., € 2,00
  Dieses Buch nimmt zu zehn aktuellen falschen
  Behauptungen Stellung. Das Verkehrte, wie es
  uns allen – Christen und Nichtchristen – täglich
  begegnet, wird im Licht der Wahrheit Gottes
  entlarvt.

- **Du bist gemeint**
  224 S., € 2,00
  Klares Evangelium in 56 „Denkanstößen in
  Kurzgeschichten".
  Spannend und aktuell, geeignet zum
  Selberlesen, Vorlesen und Verschenken.

- **Die verschwiegene Wahrheit**
  128 S., € 2,00
  – The Point of No Return –
  Dieses ansprechende Taschenbuch fordert
  den Leser auf umzukehren, bevor der Punkt
  erreicht wird, von dem an keine Rückkehr mehr
  möglich ist.

- **Anders als gedacht**
  224 S., € 2,00
  „Erstens kommt es anders und zweitens als
  man denkt." Dies Sprichwort bringt es auf den
  Punkt: Unser Leben ist voll Überraschungen!
  Dies Buch bietet – auf jeder Seite interessant
  – Denkanstöße, die sich den wirklich wichtigen
  Fragen des Lebens widmen.

Minibücher

- Vorsicht, Rechenfehler!
- Sind Sie wirklich informiert?
- Kein Unterschied

4- oder 6-seitige Verteilschriften
Kleinformat, farbiger Titel, kostenlos

- Ein offenes Wort
- Zeig mir den Weg
- Der Weg aus der Krise

Alle aufgeführten Schriften sind bei uns zu beziehen:

Christliche Schriftenverbreitung
An der Schloßfabrik 30
42499 Hückeswagen
Tel. 02192/92100
Fax 02192/921023

www.csv-verlag.de
E-Mail: info@csv-verlag.de

Bildnachweise:

Titelfoto: Ideegrafik

Seite
 6   Akuma-Photo/Shutterstock
12   Spectral-Design/Fotolia
14   Galina Barskaya/Fotolia
20   C. Thomas
38   LVDESIGN/Fotolia
45   Pocko/Fotolia